Documents manquants (pages, cahiers...)

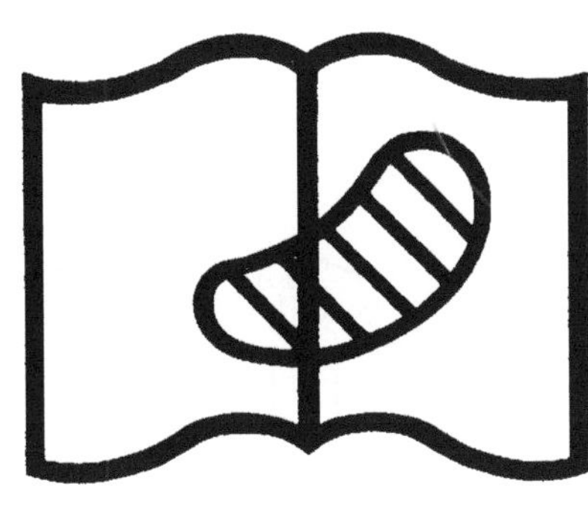

Original illisible

LA VEILLE DE LA SAINTE-AGNÈS

Tiré à 76 exemplaires hors commerce dont :

3 exemplaires sur Japon numérotés 1 à 3 ;

3 exemplaires sur Chine numérotés 4 à 6 ;

Et 70 exemplaires sur Hollande numérotés 7 à 76,
      pour les amis d'Édouard.

Exemplaires dits « de passe ».

LA VEILLE DE LA SAINTE-AGNÈS

PAR JOHN KEATS

TRADUCTION

DE LA DUCHESSE DE CLERMONT-TONNERRE

Les Amis d'Édouard

N° 17

1

La veille de la Sainte-Agnès, ah ! comme le froid
  était âpre !
Le hibou, malgré toutes ses plumes, était perclus.
Le lièvre boitait, tout tremblant, par l'herbe glacée
Et silencieux était le troupeau dans son bercail lai-
  neux.
Gourds étaient les doigts du diseur de chapelets
Tandis qu'il égrenait son rosaire et que son souffle
  glacé
Comme pieux encens montant d'un encensoir an-
  tique
Semblait, avant la mort, s'envoler vers le ciel,
Et passait devant l'image de la douce Vierge cepen-
  dant qu'il disait sa prière.

La veille de la Sainte-Agnès

II

Il dit sa prière, ce patient, ce saint homme
Puis prend sa lampe, se lève de sur ses genoux
Et s'en vient, maigre, pieds nus, hâve,
A petits pas au long des bas-côtés de la chapelle.
De chaque côté les gisants sculptés semblaient
 transis
Emprisonnés de sombres grilles de purgatoire ;
Chevaliers, dames, mains jointes, priant en muettes
 oraisons
Défilaient près de lui ; et son faible esprit défaille à
 songer
Combien ils doivent souffrir sous ces casques et ces
 cottes de maille glacés.

III

Il se tourne vers le nord, prit une petite porte
A peine a-t-il fait trois pas que la langue d'or de la
 musique

                                            La veille

Alanguit jusqu'aux larmes sa pauvre vieillesse ;
Mais non, déjà son glas de mort avait sonné.
Les joies de toute sa vie étaient dites et chantées.
Il n'avait, lui, que la dure pénitence en la veille de
    Saint-Agnès.
Il prit un autre chemin et bientôt parmi
Des cendres grises il s'assit pour le rachat de son
    âme
Et toute la nuit veilla, pleurant pour la grâce des
    pécheurs.

IV

Ce vieux diseur de chapelets entendit les suaves
    préludes
Car plus d'une porte était grande ouverte
Pour laisser passer la foule qui se hâtait. Bientôt
    d'en haut
Tombèrent les rauques grondements des trompettes
    d'argent,
Les vastes pièces déjà toutes glorieuses

Etaient ardentes pour recevoir un millier de convi-
    ves ;
Les angles sculptés aux yeux éternellement guet-
    teurs
Epiaient sous les corniches que soutenaient leurs
    fronts,
Les cheveux soulevés comme par le vent, les ailes
    croisées sur la poitrine.

V

A la fin déborda la claire fête éblouissante
En plumes, en diadèmes, et son riche déploie-
    ment
Nombreux comme les féeriques voisins qui han-
    tent
Les cervelles juvéniles et les peuplent du gai
    triomphe
Des vieilles légendes. Mais oublions ceux-là
Et que notre seule pensée soit pour une dame

                                        *. *La veille*

Dont le cœur tout ce long jour d'hiver
S'est repu d'amour et du saint culte de sainte Agnès
    ailée ;
Maintes fois elle avait entendu les vieilles dames en
    parler.

VI

Elles lui avaient dit comment la veille de Sainte-
    Agnès
Les jeunes vierges pouvaient avoir des visions déli-
    cieuses
Et recevoir la douce adoration de leurs amoureux
Vers l'heure de miel du milieu de la nuit
Si elles savaient accomplir les rites propices !
Sans souper elles devaient reposer leurs beautés,
S'allonger la face au ciel, tels des lys immaculés
Nul regard en arrière ; ni autour d'elles, mais re-
    quérir
Du ciel les yeux levés, tous leurs désirs.

VII

Toute à cette fantaisie était la pensive Madeleine
En vain la musique gémissait ;
Comme un dieu supplicié d'amour ses divins yeux
    de vierge
Fixés à terre voyaient bien plus d'une traîné bruis-
    sante
Passer sans y prêter attention ; en vain
S'approche à pas légers quelque bel amoureux
Qui bientôt s'en va découragé mais non par un froid
    dédain,
Car ses yeux ne voyaient point ; son cœur était ail-
    leurs
Et soupirait après les songes d'Agnès, les plus doux
    de l'année.

VIII

Elle tournoyait les yeux vagues, sans pensées,
La bouche tourmentée, la respiration rapide et op-
    pressée,

A l'approche de l'heure sainte, elle soupirait

En entendant les tambourins, et parmi l'affluence
  serrée

Des chuchotteurs mécontents ou joyeux.

Et sous tous ses regards amoureux, défiants, en-
  vieux, méprisants

Aveuglée par l'attente féerique, et comme morte

A tout ce qui n'était pas sainte Agnès et ses agneaux
  aux blanches toisons

Et toute cette joie qui serait sienne avant le
  jour.

IX

Ainsi voulant à chaque momeut partir

Elle s'attarde encore. Cependant à travers la lande
  s'avance

Le jeune Porphyro, le cœur brûlant pour Madeline. Près du porche d'entrée

Dans l'ombre massive portée par la lune il s'accoude
  et il implore

Tous les saints de lui donner la vue de Madeline

Pour un instant seulement pendant ces heures inter-
    minables,
Et qu'invisible il puisse en la contemplant l'adorer
Et peut-être lui parler à genoux, l'effleurer de la
    main, des lèvres,
En vérité il advient parfois de pareilles choses !

X

Il s'aventure — qu'aucun bruit chuchotteur ne le
    dénonce
Que les yeux soient voilés ; ou bien cent lames
Vont assaillir son cœur, citadelle du fiévreux
    amour,
Ces salles regorgent pour lui de hordes barbares
D'hyènes ennemies, de lords au sang trop chaud
Dont les chiens eux-mêmes hurleraient exécration
Sur toute sa lignée ; aucune poitrine ne lui accor-
    derait pitié
Dans toute cette maison impure
Sinon une vieille, faible de corps et d'âme.

                                        La veille

XI

Oh ! favorable chance ! la vieille tremblotante
S'appuyant sur sa baguette à tête d'ivoire
Se traîne jusqu'à lui qu'abritait contre la flamme des
   torches
Un vaste pilier, très loin
Des rumeurs joyeuses, et des chants suaves :
Elle tressaille à sa vue ; mais en reconnaissant son
   visage
Elle saisit ses doigts de sa main tremblante
Et dit : Par pitié, Porphyro, enfuis-toi d'ici
Ce soir elle est ici tout entière, la bande assoiffée
   de sang.

XII

Hors d'ici, hors d'ici ! Ne vois-tu pas Hildebrand le
   nain ;
Pendant ses fièvres dernièrement il jetait ses malé-
   dictions

Sur toi, les tiens, ta maison, tes biens,
Puis il y a Maurice ce vieux lord, que ses cheveux
   gris
N'ont pu refroidir. Malheur sur moi ! Va-t'en !
Fuis un fantôme ! — Ah ! chère commère,
Ne sommes-nous pas en sûreté ici ? dans ce fauteuil
   laisse-moi choir
Et dis-moi comment... « Saints du Ciel, pas ici,
Suis-moi, mon enfant, ou, tu le verras, ces pierres
   deviendront ta tombe.

XIII

Il suivit un chemin aux voûtes abaissées,
Balayant les toiles d'araignées de ses hautes plumes
Et tandis qu'elle murmurait encore : Ah malheur !
   ah malheur !
Il se trouva dans une petite chambre toute pleine de
   lune
Blanche, lambrissée, froide et muette comme une
   tombe,

— Et maintenant dites-moi où est Madeline, dit-il,
O dites-moi, Angéle, par le saint métier
Que nul ne peut voir, sauf les initiées du fraternel
  secret,
Quand par elles la laine de sainte Agnès est tissée
  pieusement.

XIV

Sainte Agnès ! ah ! c'est la veille de la Sainte-
  Agnès,
Et cependant les hommes restent meurtriers même
  en ces jours sacrés,
Il faudrait pouvoir retenir l'eau dans le tamis des
  sorcières
Et être le tout-puissant seigneur des Elfes et des
  Fées,
Pour t'aventurer ainsi ! Cela me remplit de stu-
  peur
De te voir, Porphyro, la veille de la Sainte-
  Agnès.
Dieu m'aide ! ma dame jolie fait la magicienne,

Ce soir — que les bons anges la déçoivent !
Mais laisse-moi rire en ce moment — j'ai moult
    temps de pleurer.

XV

Faiblement elle rit sous la lune alanguie,
Pendant que Porphyro regarde fixement,
Comme l'enfant perplexe regarde une vieille grand'-
    mère
Qui tient fermé le beau livre des merveilleuses
    énigmes,
Tandis que ses bésicles sur le nez elle siège au re-
    coin de l'âtre,
Mais ses yeux se mettent bientôt à briller, pendant
    qu'elle raconte,
Le projet de sa dame, et il peut à peine l'en-
    tendre
Sans larmes, à la pensée de ces froids maléfices,
Et de Madeline assoupie au sein de légendes
    vieilles.

                                           La veille

XVI

Une idée soudaine lui vint comme une rose épa-
  nouie,
Empourprant tout son front, et dans son cœur en-
  dolori
Fit un rouge tumulte, alors il proposa
Un stratagème à la vieille qui la fit sursauter :
« Tu es un homme impie et cruel :
— La jolie dame, laisse-la prier, sommeiller et rêver
Seule avec les bons anges, bien loin
Des mauvais hommes de ta sorte. Va — va — je ne
  te crois plus,
Celui que tu me semblais être.

XVII

« Je ne lui ferai pas de mal, par les saints je le
  jure »,
S'écria Porphyro : « O puissé-je ne plus trouver
  grâce,

Quand ma faible voix murmurera sa prière der-
  nière,
Si je déplace une de ses douces boucles,
Si je regarde avec une passion brutale son visage,
Bonne Angèle, croyez-moi, par ces larmes,
Ou bien je vais dans l'espace d'un moment
Éveiller, d'un horrible cri, les oreilles de mes en-
  nemis,
Et les défier, eussent-ils plus de crocs que des loups
  et des ours. »

XVIII

— Ah ! pourquoi veux-tu effrayer une âme faible,
Pauvre, dolente, frappée de paralysie, proche du
  cimetière,
Dont le glas peut sonner avant minuit,
Dont les prières pour toi, chaque matin et soir,
N'ont jamais été oubliées. — Gémissant ainsi elle
  inspire
De plus douces paroles au brûlant Porphyro,
Si malheureux, si profondément affligé,

La veille

Qu'Angèle promet qu'elle fera
Tout ce qu'il désire, qu'il en advienne bien ou mal
  pour elle.

XIX

Et elle lui promet de l'amener, en profond se-
  cret,
A la chambre même de Madeline, et de l'y cacher
Dans un cabinet si privé
Qu'il pût voir sa beauté sans être espionné
Et gagner peut-être cette nuit une fiancée incompa-
  rable
Pendant que les fées en légion dansent sur la cour-
  tepointe
Et qu'un pâle enchantement tient ses paupières
  closes.
Jamais en une nuit pareille ne se rencontrèrent
  des amants
Depuis que Merlin paya à son démon toute la mons-
  trueuse dette.

XX

« Ce sera comme tu le désires, dit la vieille,
Des mets délicats, des friandises seront réunis là
Vivement pour cette fête de nuit
Tu verras son propre luth près du métier à broder.
Nul temps à perdre, car je suis lente et faible,
Osant à peine confier cette mission à ma tête étour-
    die.
Attends ici, mon enfant, avec patience, agenouille-
    toi en prière
Pendant ces temps — ah ! il faudra bien que tu
    épouses la dame,
Ou puissé-je ne jamais quitter ma tombe d'entre les
    morts.

XXI

Ce disant, elle s'en alla en clopinant, tremblante de
    hâte et de peur.
Les minutes interminables de l'amant s'écoulent
    avec lenteur.

La bonne dame revient, et lui murmure à l'oreille
De la suivre, ses yeux de vieille rendus hagards
Par la crainte de voir luire des yeux dans les té-
  nèbres.
Par de sombres galeries, ils passent saufs, et attei-
  gnent enfin
La chambre de la demoiselle, soyeuse, silencieuse
  et chaste
Et Porphyro s'y blottit, tout joyeux.
Son pauvre guide s'éloigne avec hâte, le cerveau
  frissonnant de fièvre.

XXII

La main hésitante sur la rampe,
La vieille Angèle cherchait des pieds les marches
Quand Madeline, vierge charmée de sainte Agnès,
Surgit comme un esprit annonciateur
A la lumière d'un flambeau d'argent. Avec un soin
  pieux
Elle revient, et conduit la vieille commère

Jusqu'à un palier natté et sûr.
Maintenant prépare, jeune Porphyro, tes regards
   pour cette couche.
Elle vient, elle revient, telle une colombe effrayée
   qui s'enfuit.

XXIII

Le flambeau s'éteint comme elle rentre avec hâte
Sa légère fumée meurt dans le pâle clair de lune
Elle clôt la porte, elle palpite, sœur
Des esprits de l'air, et des visions éperdues.
Qu'aucune syllabe ne s'exhale, ou malheur à elle :
Mais à son cœur, son cœur parlait profusément
Endolorissant de son éloquence son flanc embaumé
Tel un rossignol privé de voix enfle
Son gosier en vain, et meurt dans un vallon étouffé
   par son cœur !

XXIV

Une haute fenêtre dressait là ses trois arceaux
Toute enguirlandée de sculptures,

De fruits, de fleurs et de gerbes de renouée
Et losangée de vitres aux bizarres dessins,
Aux nuances, aux taches splendides innombrables
Comme les ailes d'une phalène tigrée de pourpre
    sombre
Et au centre parmi cent emblèmes héraldiques
Les saints crépusculaires, le blason pénombreux,
Un bouclier armorié rougissait du sang de reines et
    de rois.

XXV

Sur la croisée brillait en plein la lune d'hiver,
Jetant de chaudes gueules sur le sein de Madeline
Comme elle s'agenouillait pour demander au ciel
    grâce et bénédiction.
Une rose lueur tombait sur ses mains unies en
    prière
Et sur sa croix d'argent, une douceur d'améthyste,
Et sur ses cheveux une auréole comme aux saintes :
Elle semblait un ange resplendissant, nouvellement
    paré

Auquel seules manquent des ailes pour le ciel :
    Porphyro se sentit défaillir,
Elle était agenouillée, si pure, si dégagée de souil-
    lures mortelles.

XXVI

Mais le cœur de Porphyro renaît ; ses prières du
    soir dites,
De toutes ses perles tressées elle délivre ses che-
    veux,
Détache un à un ses bijoux, tièdes de sa chair,
Délace son corsage parfumé ; peu à peu
Ses riches vêtements glissent en bruissant jusqu'aux
    genoux :
La voilant à demi telle une sirène dans les algues,
Pensive, un instant elle rêve tout éveillée, et ima-
    gine
Qu'elle voit la belle sainte Agnès sur son lit
Mais n'ose pas se retourner ou le charme va s'envo-
    ler.

XXVII

Bientôt tremblante de la douceur frileuse du nid
Comme en une sorte d'évanouissement conscient,
  elle repose perplexe,
Jusqu'à ce que les chauds pavots du sommeil
  accablent
Ses membres épuisés et son âme emportée de fa-
  tigue :
Envolée comme une pensée jusqu'au jour prochain
Délicieusement abrité dans ce port contre les joies
  et les douleurs,
Close comme un missel où prient des païens basanés,
Défendus autant contre le soleil que la pluie
Comme si une rose se refermait, et bouton redeve-
  nait.

XXVIII

Entré furtivement dans ce paradis et tout extasié
Porphyro regarde longuement les vêtements vides
  de Madeline,

Ecoute son souffle pour voir s'il ne devait pas
Se transformer dans la tendre et profonde respira-
    tion du sommeil,
Il respire alors lui-même ; et du réduit il se glisse
Aussi silencieusement qu'un homme terrifié dans
    une vaste solitude
Et sur le tapis sourd en silence il se glisse
Et à travers les rideaux regarde : oh ! comme pro-
    fondément elle dort !

XXIX

Alors près du lit où la lune déclinante
Fait un terne crépuscule d'argent, doucement il
    pose
Une table et encore anxieux y jette
Une étoffe tissée de pourpre, d'or, et de jais.
O qui lui donnerait quelqu'endormeuse amulette
    de Morphée !
Le bruyant et joyeux clairon de ce minuit festoyant,
Les timbales, et les lointaines clarinettes

Vont effrayer son oreille, bien que les sons aillent
  en se mourant ;
La porte de l'entrée se ferme de nouveau : tout
  bruit cesse.

XXX

Et elle dormait toujours, d'un sommeil aux pau-
  pières azurées
Dans le lin blanc, et doux et fleurant la lavande
Pendant que de sa cachette il rapporte un monceau
De pommes candies, de coings, de prunes, et de
  melons
Avec des gelées plus douces que la crème caillée
Et de radieux sirops au parfum de canelle,
Du miel et des dattes apportés par des galions
De Fez, et des friandises épicées venant toutes
De la soyeuse Samarcande ou du Liban riche en
  cèdres.

XXXI

Et toutes ces délices il les entasse d'une main
  ardente

Sur des plats d'or, et dans des corbeilles brillantes
D'argent tressé, elles s'élèvent somptueuses
Dans la retraite calme de la nuit,
Emplissant la chambre fraîche de parfums légers.
Et maintenant mon amour, mon clair chérubin,
    éveille-toi,
Toi, tu es mon Ciel et moi ton ermite.
Ouvre tes yeux de grâce, pour la douce sainte
    Agnès
Ou près de toi, je vais m'assoupir tant mon âme est
    chargée de souffrance.

XXXII

Murmurant ainsi, il glisse son bras chaud et fébrile
Sous les coussins. Le rêve de Madeline était abrité
Par la nuit des rideaux : c'était un philtre nocturne
Plus difficile à rompre qu'un torrent gelé.
Les étincelants plateaux reluisent sous la lune,
Les larges franges dorées traînent sur les tapis,
Jamais, jamais, lui semblait-il, il ne pourrait libérer

D'un aussi magique emprisonnement les yeux de sa
  dame.
Et ainsi rêva-t-il longtemps, emprisonné dans le
  réseau que tissait sa fantaisie.

XXXIII

Mais enfin, il sortit de sa torpeur, et saisit le luth
  creux.
Et fièvreusement sur la tendre chanterelle
Il joue une ancienne chanson, depuis longtemps
  oubliée,
Appelée en Provence : la Belle Dame sans Mercy.
Et près de son oreille il joue la mélodie,
Qui la trouble, et doucement elle gémit.
Il cesse, elle soupire plus fort et soudain
Ses yeux bleus agrandis d'effroi brillent largement
  ouverts.
Il tombe à genoux pâle comme la lisse pierre sculp-
  tée.

XXXIV

Ses yeux étaient ouverts, mais elle gardait encore
Bien que tout éveillée la vision de ses songes,
Douloureux changement ! qui chassait ainsi
Les délices profondes et pures de son rêve.
La charmante Madeline commence à pleurer
En balbutiant des mots dénués de sens avec tant de
    soupirs
Et cependant son regard resta fixé sur Porphyro ;
A genoux, mains jointes et les yeux pitoyables
Il retient ses paroles et ses gestes tant elle avait l'air
    d'une qui rêve.

XXXV

Ah ! Porphyro ! dit-elle, il n'y a qu'un instant
Ta voix résonnait délicieusement à mon oreille
Faisant une tremblante harmonie de chacun de tes
    serments

Tes tristes yeux étaient vivants, pleins de douceurs
   et clairs !
Quel changement t'advint ? comme tu es pâle,
   glacial et morne.
Rends-moi ta voix que j'entendais, mon Por-
   phyro,
Ces regards infinis, ces plaintes trop aimées.
Oh ! ne me laisse pas dans cette affliction sans fin
Car si tu meurs, mon amour, que pourrais-je deve-
   nir ?

XXXVI

Emporté plus loin qu'une passion mortelle
Par ces voluptueux accents, il se lève
Séraphique, rayonnant et tel une étoile qui pal-
   pite
Dans le profond et calme saphir du ciel.
Il pénètre son rêve comme la rose
Confond son odeur avec celle des violettes :
En un mélange enivrant et cependant la bise gelée
   souffle

Et comme un signal d'alarme de l'Amour, le grésil
  aigu
Crépite sur les croisées : la lune de Sainte-Agnès
  disparaît.

XXXVII

Il fait sombre : et sous les rafales retentit la pluie
  serrée.
Ceci n'est pas un rêve, ô ma fiancée, ô Made-
  line,
Il fait sombre ; les souffles glacés se déchaînent et
  frappent follement.
Ceci n'est pas un rêve ? hélas ! hélas ! le malheur
  vient à moi.
Porphyro me laisse ici m'étioler et dépérir.
Cruel ! quel est le traître qui t'amena ici ?
Je ne crie pas mes plaintes, car mon cœur est en-
  fermé dans le tien,
Bien que tu m'abandonnes et me trompes,
Colombe délaissée et perdue aux ailes brisées.

                                   La veille

XXXVIII

Madeline ! ô bien-aimée ! douce rêveuse ! adorable
  fiancée !
Dis, puis-je être toujours ton vassal bienheureux ?
De ta beauté, le bouclier en forme de cœur et teint
  de pourpre ?
Oh ! temple d'argent, c'est ici que je trouve le re-
  pos
Après tant d'heures de peines et de poursuites.
Je suis un pèlerin affamé et sauvé par miracle.
L'ayant trouvé, je ne saurai rien dérober de ton
  nid
Si ce n'est toi-même, ô douceur ! ne veux-tu pas te
  confier.
Belle Madeline, à des mains fidèles et qui ignorent
  la violence ?

XXXIX

Écoute ! cette tempête enchantée nous vient du
  pays féerique !

Elle semble folle de haine, elle n'est que bienfai-
     sante ;
Lève-toi — lève-toi — le matin est proche.
Les buveurs gonflés de vin ne prêteront nulle atten-
     tion.
Viens, mon amour ! que nous partions avec une
     hâte heureuse,
Il n'y a point d'oreilles pour entendre, point d'yeux
     pour voir ;
Ils sont tous noyés dans les vins Rhénois et les bois-
     sons assoupissantes.
Éveille-toi ! lève-toi ! mon amour, et sois sans
     crainte,
Car vers le sud au delà des Landes, ta demeure
     t'attend !

XL

Elle se hâte à ces mots, assaillie par mille terreurs,
Car il y avait des dragons dormants autour d'elle
Ou peut-être aux aguets, les yeux étincelants, les
     lances en avant.

En bas des grands escaliers ils trouvent un chemin
    enténébré,
Dans toute la maison, nul bruit humain ne s'entend.
Au bout d'une chaîne une lampe se balance devant
    chaque porte.
Les tapisseries riches de cavaliers, de faucons et de
    meutes
Tremblent assiégées par les hurlements du vent.
Et les longs tapis se soulèvent sur les parquets ven-
    teux...

XLI

Ils glissent, tels des fantômes, dans le vaste hall,
Tels des fantômes, sous le porche de fer ils se glis-
    sent.
Là où le portier gît étendu plein de malaise,
Près d'un profond pichet vidé,
Le vigilant chien de garde se redresse, le cuir hé-
    rissé,
Mais son œil sagace a reconnu une habitante.
Un par un, les verrous avec facilité cèdent,

Les chaînes tombent silencieuses sur les pierres usa-
   gées.
Les clés tournent, et la porte grince sur ses char-
   nières.

<h1 style="text-align:center">XLII</h1>

Et ils sont partis — oui, il y a bien longtemps
Que ces amants s'enfuirent dans la tempête.
Cette nuit-là, le baron rêva de malheurs sans nombre
Et ses hôtes, les guerriers, torturés par des ombres
   et des formes
De sorciers, de démons, de grandes larves de cime-
   tières
Se débattirent dans les cauchemars. Angèle, la
   vieille,
Mourut tordue par une attaque, sa maigre face dé-
   formée.
Le diseur de chapelets, après son millième *Ave*
Pour toujours oublié s'endormit dans ces cendres
   glacées.

Édouard publiera de ses amis et pour eux des pages de : Gabriele d'Annunzio, Miss N. C. Barney, Tristan Bernard, Pierre Champion, Arthur Chuquet, Henri Clouard, J. Couët, Dr Fay, Georges Grappe, Sacha Guitry, André de Hévésy, Paul Iribe, Anatole Le Braz, Abel Lefranc, Jean Lefranc, Louis Loviot, Pierre de Nolhac, Alfred Fereire, Paul P. Pietri, Henri de Régnier, Jehan Rictus.

DÉJA PARUS :

N° 1. *La Maîtresse Servante*, par Maurice BARRÈS.

N° 2. *Pour Psyché*, par Charles MAURRAS.

N° 3. *Digression peacockienne*, par Francis DE MIO-
MANDRE.

N° 4. *Les préservatifs des dangers de l'amour à travers
les âges*, par le D' LE PILEUR.

N° 5. *Prisme étrange de la Maladie*, par François
PORCHÉ.

N° 6. *Je sors d'un bal paré...* par Rémy DE GOUR-
MONT.

N° 7. *Un professeur de snobisme*, par Jacques BOU-
LENGER.

N° 8. *La comédie de celui qui épousa une femme muette*,
par Anatole FRANCE.

N° 9. *Regards sur le nid d'un rossignol de murailles*,
par André ROUVEYRE.

IMPRIMERIE

F. PAILLART

ABBEVILLE

—

Août 1913

www.ingramcontent.com/pod-product-compliance
Ingram Content Group UK Ltd.
Pitfield, Milton Keynes, MK11 3LW, UK
UKHW022349120726
13694UKWH00004B/1768